U0919093

太阳点名

余光中 著

0 0 9 诗歌精选集 2 0 1 5

译林出版社

迎接二〇一六年钻婚

谨以此书献予吾妻我存

贤内助

好外助

长牵手

目 录

第二辑　唐诗神游

第三辑　长诗

第一辑　短　制

窗之联想

四方的窗子
窗子的四方

记得从前在厦门街
我八席的书房
多盼有阳光
而阳光终年不到
冷啊,我抖擞的诗句
唯一出口是北窗

只好读渊明的文章
想象有南窗可凭
不必采菊
就悠然可见南山

即使要做梦

也有南柯来牵引

而更艳羡的该是

李商隐的西窗

有纤手伴我剪烛

暖颊烘托的红晕

听我低诉

巴山夜雨的凄凉

至于东窗呢，小心

切戒在夜半

以为瞒得过鬼神

就可以老鼠搬米

偷空了整个仓库

否则天一亮，东窗

事发，你才惊觉

隔壁就是囚窗

——原载二〇〇九年二月二十一日“《中国时报》”

茶　颂

茶兴比酒兴令人振奋
茶香比花香令人提神
一壶清水向火上一沸
就能叫醒沉沉的茶魂
一盅暖流在丹田里运转
像地母的胎气转动台湾
愈入佳境而不觉夜深
说,耐得了苦的终会回甘
洪水与狂风怎能摧断
这一缕不屈的茶香冉冉

——原载二〇〇九年十二月十八日“《中国时报》”

思华年

——赠吾妻我存

最初是你无忧的绮年
交错编成无猜的长辫
　用你的乌丝
　我的情丝

后来用圆满的金戒指
幸福最小巧的直径
　套你的修指
　我的钝指

也曾将珍珠串成银链
悬在你白皙的胸前
　雨珠滴阴天

露珠闪晴天

你也觅得灵异的碧玺
缀成祥瑞,随身可携
化你的祈福
作我的护符

且莫嘲弄我多么衰老
双臂张开,还能够拥抱
像太阳拥着火冕
像月亮拥着风晕
像土星拥着光环
像木星拥着
缤纷的十六颗卫星
那样地将你拥抱

那四个女儿呢,你问
珊珊

幼珊

佩珊

和季珊？

我一笑指向澳洲外海

那一列清澈的珊瑚礁

——原载二〇一〇年五月二十七日《联合报》

蝉　声

看她眼神凝定，侧耳

倾听的样子，我笑问

“怎么了”，她神秘地指指

落地长窗外的远方

窗外是阳台，阳台之外

是街巷，和涨落的车潮

在我晚年重听的耳里

回流旋成混沌的漩涡

“你再听”，她说。我再听

鼓动我还能操纵的神经

但听域沉沉，只传来嚣嚣

她说，“你听不见吗，那是

——蝉声啊，是知了在叫”

我侧耳再听，却听而不闻
那亲切而又陌生的频率
原来是夏天在野外叫我
越过满城的市声车潮
叫我回到少年，不，童年
叫我，越过电视和电脑
越过满城眈眈的红灯
叫我回到她怀里去
白天用聒聒蝉噪
夜晚用阁阁蛙鸣
去不睬红灯，只有流萤
殷勤探路的提灯晚会
在响应满天抖擞的星星

所以在西子湾我不甘退休
只为单调的蝉声不歇
长廊上燕子还在我头顶
旁若无人地倏来倏去

忙于用口涎衔草搭建

无人来侵犯她的燕窝

——二〇一〇年六月十日

——原载二〇一〇年八月十八日《联合报》

秋　千

始终不肯放手的,这世界
偶尔也会放我们
七分钟的假期或八分
让脚尖直踢到云顶
紫檀树整排向我们鞠躬
风景竟然和我们游戏

让我们变成鸟吧
所有的高枝危藤
都是羽族的秋千
或是变成风筝吧
让气流扶掖着我们
一脱手就要飞去
不然变成钟摆吧

上升和下降之间
一眨眼几度轮回

你原说，这是孩子的天真
我们怎么好意思
我说，孩子不就是我们
让我们荡吧，荡回童年
只要够高，就能再一瞥
母亲晒衣裳的后院

更想起从前的蜜月
以为早已经失踪
却缩成一个小精灵
躲在这秋千架上，只等
我们路过时发现
其实，它到处在找我们

——二〇一〇年六月三十日

——原载二〇一〇年九月二日《联合报》

问玉镯

——我存所佩

洪蒙太初，你坚贞的身世
一路要追溯到昆仑
造山运动的磊磊
地质的元气，岩石的精魂
遥遥传自记忆的混沌
千年前是哪一位巧匠
不计夙夜挑剔又琢磨
将你雕成如此的倜傥
外圆而内扁，脱胎于和阗
世称羊脂白玉，丽质天生
玉肌隐约透出了沁痕
欲露不露永不泄天机
恍惚如窥月中的倒影

佩在一位玉人的腕上

几世修来的相得益彰

手何幸而有护卫,百邪不侵

镯何幸而有依托,可以分暖

人和玉浑然合成了一体

温润的美德互通互济

千年有多少高士,佳人

一手接一手传来这缘分

问你是否还一一记得

你却什么都不说,只顾

依偎在现世主人的

臂腕,为她静静地守身

—— 二〇一〇年五月七日

—— 原载二〇一〇年七月五日《联合报》

蠡　湖

据说这一带，烟水迷蒙
就是范蠡带西施，当年
扁舟飘飘，橹声渺渺
从历史的后门失踪

始于正史而终于传说
该是最可羡的结局
功成身退，而青史永垂
美人迟暮，不许人偷窥

隐于五湖么，是哪五湖呢？
江南有的是水乡
那许多江湖，来帆去橹
害舟人指点，究竟是何处？

只有眼前，五月的黄昏

这一泓烟水最诱人

小名蠡湖，正是太湖的最宠

用范蠡的背影命名

回头向我存一笑

我说："姓有多好

蠡湖不就是范湖么？"

把若江和尧明都逗笑

"这一片太湖的内湾"

我说，"原来是一面妆镜

西施所遗留，却难忘倩姿

竟生出如眉的垂柳"

笑声才歇，天色已昏

湖上所有的亭台洲渚

从鼋头渚一直到宝界桥

一一都隐入了薄雾

—— 二〇一〇年六月二十五日于无锡

—— 原载二〇一〇年七月二十日《联合报》

小诗题伞

撑伞,是出发
收伞,是到家

带伞,是先见
掉伞,是常情

借伞,是借口
还伞,是有心

共伞,跟谁呢
当心,是缘分

传　说

传说公鸡一叫亮黎明

群魔就通通赶回酆都

而今公鸡已经不叫了

所以大白天也幢幢

街头巷尾都充满鬼魂

贪婪的，说谎的，抹黑的

尤其是在选举的季节

在五都

太阳点名

显赫的是太阳的金辇
绚烂的是云旗和霞旌
东经,西经,勾勒的行程
南纬,北纬,架设的驿站
等待络绎缤纷的随扈
簇拥着春天的主人
一路,从南半球回家

白头翁,绿绣眼
嘀嘀咕咕的鹧鸪
季节好奇的探子,报子
把消息传遍了港城
春娣和文耕带着我们
去澄清湖上列队迎接

太阳进城的盛典

春天请太阳亲自
按照唯美的光谱
主持点名的仪式
看二月刚生了
哪些逗人的孩子
“南洋樱花来了吗？”
回答是一串又一串
粉红的缨络，几乎
要挂到风筝的尾上
或垂到湖水的镜中
“黄金风铃来了吗？”
回答是一朵又一朵
佩上一柯又一柯
艳黄的笑靥太生动
连梵谷都想生擒
“火焰木来了吗？”

回答是一球又一球

衬着满树的绿油油

把亮丽的红灯笼高举

烘暖行人的脸颊

“羊蹄甲也到了吗？”

回答是一簇又一簇

浅绯淡白的繁花

像精灵在放烟火

烧艳了路侧与山坡

“还有典雅的紫荆呢？”

回答是惨绿黯紫

显然等得太久了，散了

“还有，”太阳四顾说

“最兴奋的木棉花呢？”

一群蜜蜂闹哄哄地说

她们不喜欢来水边

或许在高美馆集合

不然就候在高速路

从楠梓直排到冈山

不如派燕子去探探

要是还没有动静

就催她们快醒醒

——原载二〇〇九年三月十六日《联合报》

谢渡也赠柑

——笠泽鲈肥人脍玉
洞庭柑熟客分金
（苏舜钦《望太湖》）

宅急便专送的水果盒
究竟，送来了什么呢？
黄橙橙，圆浑浑，十六只
排成双层，是超小南瓜么？
不，是塞尚和高庚都无缘
调色写真的那种纯金
更无缘剥开来煞馋，解渴
像我的口福啊，此刻

托在手上刚好一满掌
像一球扁圆的幸运
青蒂正当北极，经线隐隐

用那样天真的弧度
抱住皮层和皮下的瓣瓤
渡也说,是橘中的贵族
名叫茂谷,系出东势
身家上溯到新大陆

东势果农手栽的名种
轻易不会纡尊在果摊
我却一刀直取它心脏
抵抗力不弱也不强顽
红瓤多鲜艳而又多汁
那样慷慨地迎我唇舌
沁我老饕无餍的肺腑
却用那样的薄皮盛住

内容与形式最妙的妥帖
胜过任何豪奢的包装
难怪屈子要朗颂橘赋

后皇嘉树，橘来服兮

受命不迁，生南国兮

难怪隔代的诗人渡也

要把这一队红衣使派来

南岛的最南端慰我渴慕

附注：茂谷柑为美国柑橘专家 Charles Murcott Smith 在一九二二年培育成功的上品，即以其中名命名，亦称 Murcott orange。

——二〇一一年一月二十七日

——原载二〇一一年二月十八日《联合报》

附：

谢余光中教授赠诗

渡　也

橘生东势
已在山上等候很久
活着，就是为了见诗人

受渡也命，迁南方兮
十六个茂谷柑，心里很急
从台中奔向光中

诗人说一刀刺中柑橘心脏
光也刺中心脏
橘未呼救，却有惊喜

一颗颗惊喜，从光中

奔向腹中，啊，肠胃感到甘甜

橘也觉得甘甜

然后吐出一首现代橘颂

圆浑浑，香香甜甜

立刻从光中奔回台中

多汁多肉的太阳

去高雄，温暖那位大师

纷缊宜修，姱而不丑的好诗

来台中，喂饱我这老饕

（过年前我寄东势茂谷柑给余光中教授，他立刻回赠《谢渡也赠柑》大作，今试和一诗。）

——原载二〇一一年三月八日《联合报》

客从蒙古来

有客从蒙古来
我带他去八楼的看台
看海。他吃了一惊
说,没见过这么多水
集合在一起。我说
也不能想象在你家
有那么多用不完的沙
让骆驼乱盖蹄印
说着,主客都大笑
直到流下了泪来
我说,在我们这边
总觉得水太多了
就留下一片地做沙滩
又觉得你们沙太多了

就叫你们家做瀚海

是瀚海呢还是旱海?

说着,主客又大笑

直到他背后似乎

隐隐,有沙尘暴崛起

而我楼下的沙滩

暗暗,正鼓动着海啸

立刻,我们止住了自己

挥走了沙尘,斥退浪阵

他赠我一漏斗细沙

说,久了,蒙古会漏完

叫我及时去瀚海

我赠他半瓶咸水

说,久了,海峡会干掉

叫他莫忘了西子湾

——原载二〇一一年九月二十七日《联合报》

某夫人画像

欧洲风精品店的大帝国
占领了全世界的机场
L.V., Gucci, Fendi, Bulgary
不用英文，用法文、意大利文
都无力叫她回头一顾
最俏，最夯，最酷的时尚
也追不上她更矫捷的健步
而她急于摆脱掉随扈
反潮流一般急于追赶的
是最慢最苦最土的贫童
那些弱势弱智化外的孩子
把他们拥抱熊抱在怀中
她投身其中的穷乡僻壤
荒瘠得种不出选票，钞票
她排队总爱排在队尾

入座常常不坐在前排

她的奢侈是体育和文化

一球精准地投入云门

眈眈的镜头再尖，再快

也捉不到半粒克拉的首饰

对名车，游艇，盛宴或豪宅

惭愧，她真是无趣又无知

她眼里似乎无贵又无富

这未免太过不近人情

你要去找她说情乔事吗

我劝你别费事了，听说

她家透明得藏不了八卦

却又闭塞得没有后门

时装界，美容师，狗仔队

真扫兴，都不知何处下手

百年难一见，你真的，我问你

要把她换一位够阔的夫人？

——原载二〇一一年十二月十二日《联合报》

洛阳桥

刺桐花开了多少个春天
东西塔对望究竟多少年
多少人走过了洛阳桥
多少船驶出了泉州湾

现在轮到我走上桥来
从桥头的古榕步向北岸
从蔡公祠步向蔡公石像
一脚踏上了北宋年间

当初年轻的父亲或许
也带过我,六岁的稚气
温厚的大手牵着小手
从南岸走向石桥的那头

或许母亲更年轻,曾经
和父亲一同将我牵牢
一左一右,带我在中间
三个人走过了洛阳桥

想必蔡公,造桥人自己
当年曾领先走过此桥
多感动啊,泉州人随后
逍遥地越过洛江滔滔

越过洛江无情的滔滔
弘一的芒鞋,俞大猷的马靴
惠安女绣花鞋的软步
都踏过普渡的洛阳桥

潮起潮落,年去年来
匆匆过桥,一代又一代
有的,急急于赶路,有的

在扶栏与望柱间徘徊

最后是我，晚归的诗翁
一千零六十步，叠叠重重
想叠上母亲、父亲的脚印
叠上泉州人千年的步音

但桥上的七亭九塔，桥下
的石墩，墩上累累的牡蛎
怎认得我呢，一个浪子
少小离家，回首已耄耋

刺桐花开了多少个四月
东西塔依旧矗立不倒
江水东流，海波倒灌
多少人走过了洛阳桥

——二〇一一年五月四日

——原载二〇一一年六月二十日《联合报》

诗赠夏高

远远地，在白俄罗斯
在东正教庄严的上空
有不明飞行物飘过
流星雨说，不能怪它们
这不是星雨的季节
极光，蜃气，都未受干扰
是马克和他的新娘窈窕
那么潇洒而又绸缪
在一切烟囱与梦之上
一切孵梦的屋顶
凌虚蹑幻在飞行

凭什么牛顿的天体力学
要禁止恋人的冲动

不准公鸡太火红

不准蓝鱼拉小提琴

不准调色板偷虹彩

不准老挂钟盗走时光

不准怀幼犊的母牛

孕着透明的胎动

凭什么禁他们一块飞翔

曳着蓓娜的裙带、窄鞋

漫天的乳香,麦香,草香

毕卡索赠他阴阳的假面

阳是蓓娜,阴是他

让他们贴合成一脸

马蒂斯赠他亮丽的红毡

好陪嫁蓓娜的赧颜

让婚礼变成马戏吧,让他

伸颈转头在半空

向惊讶的新娘索一吻

说漫长的一生短如蜜月
有时是满月，戴着月晕
有时是一钩，钩着耳环

最流行巴黎的绯闻
说埃菲尔铁塔的上空
有一群幽浮在旋转
只等 Pablo 跟 Henri 让出
天半的晶蓝做戏台，也许
不是幽浮吧，是陨石
轻得一时还不肯着地
幸福缤纷，像降落伞降落
姹紫嫣红的霞晕宠坏了
巴黎最爱挑剔的眼睛
也宠坏了，哎，唯美的我们

附注：Chagall 坊间多译“夏卡尔”，译成“夏高”，比较逼近原音，何况“高”更能暗示他画中的人、物都会飞升。毕卡索赠他假面为婚礼，乃隐喻毕老的人面变形启发了他。马蒂斯赠他红毡，也隐喻野兽派亮丽的大幅色块。

——原载二〇一一年八月九日《联合报》

富春山居图

——名画合璧庆中秋

长卷已六百岁，山河仍不老
迢递百里的富春江
八旬黄公缩地有仙术
巧腕妙运，无中生有
召来如许的峰峦起伏
沙渚错落，石矶三五
林中俨然有村屋半遮
渔父与樵夫，更有高士
是子陵吗，出没于其间
三百年前的火劫得救
水墨点染的心血长留
纵画分两岸，人辨真伪
也不阻造化再造来眼前

换代换不了华山夏水

一湾海峡岂信是天堑

名画分久终合成完璧

一轮高悬共仰望中秋

凤凰木颂

台南府，凤凰木
高冠穹张成半圆
为富丽的盛夏加冕
赤胆照人的花簇
染红了多情的骊歌
一年一度的火炬啊
从记忆的深处传来
向希望的远方烧去
丰羽复叶梳风而飞舞
传说传来的凤凰
从火浴中苏醒而新生
树根的生机，像破土而出
树顶的气象，像自天而降
凤尾森森，吐音细细
台南府，真壮丽，有凤来仪

生日卡

红烛是你的光辉最亮

蛋糕是你的滋味最甜

为什么我们如此高兴

因为太阳又回到这一站

三百六十五站

只有今天

是你生命珍贵的起点

和我们从此结缘

核　桃

纹路纵横遍布了一身
是甲骨文，龟背或古盾？
闭关自守，顽不吐实
严封而密罩，无计可施
攻坚，唯有高压的武力
铿一声才破得了城
其余只剩零星的巷战了
原来如此啊，外强中干
还皱成一团，没有广场
没有一条正街或直巷
一切委曲都为了求全
有哪位几何学家能够
把如此复杂理成秩序呢？
结论，未必能满足过程

—— 恰似破一首难入之诗

是愈挖愈深终成了金矿呢

还是被诱入一座空城?

除非拔城擒帅,又怎能

分辨是中计或占领?

—— 二〇一二年二月十二日

—— 原载二〇一二年三月四日《联合报》

颂屈原

王冠不锈能传后几代呢
桂冠不凋却飘香到现在
秦王的兵车千轮扬尘
何以一去竟不返
楚臣的龙舟万桨扬波
却年年回到江南
回到岭南，回到海南
更回到，今日，海峡此岸

——二〇一三年五月癸巳年端午

——原载二〇一三年六月十二日《联合报》

给燕子

寒流一退，春分的信差
红砖的长廊就飞掠而来
一列列排柱又穿越而去
呖呖清脆如洒落细雨
此刻无心，竟歇在我窗台
背对着户内，面对着海
难得近窥的小飞侠
毛绒绒不驯的一握
(肯让我捧在掌心么？)
纤巧不过十五六厘米
黑氅收拢，细爪钩着台缘
背羽反光如鸭，闪着异彩
那么靠近，我真是有幸

疑是远自小时候飞来

或是更远,从黄历或古诗

沿传说一路追来,这么

念旧,却不能径称是家禽

就算童年,在梁上,檐底

也不肯放心容我亲近

文学院的红砖虽然醒眼

却晚了,已无瓦更无屋檐

黑影一倏,已破空纵起

欧几里得加笛卡尔

再怎么分析都来不及

怎么就那么漫不经心

一鼓翅一剪尾一旋腰身

无端就召来海风阵阵

将你的轻功送上半空

难逃利喙有多少昆虫

大气浩荡,一切都为你闪开

无往不利成冰上的广场

任你恣意地盘来旋去

急煞而改向，变速而逍遥

即兴之舞全凭着艺高

透明的轨迹挥霍不尽

笛卡尔，潘卡瑞，就算合力

用平面几何与立体几何

大代数，微积分苦算的结果

也瞠目其后吧，难以解析

何况我，数学没有及过格

沧桑之余，凭这双倦目

再惊喜艳羡，又岂能追踪？

从前，我也有羽毛，也乌头

可是你怎能认出这白头？

怎肯认我做飞的同伴？

尽管老来此身仍抖擞

我原是燕子矶头燕呢

久成了西子湾头叟

没用，我的话你根本不懂

应我的，只是呢呢，喃喃

—— 二〇一二年四月八日

—— 原载二〇一二年四月三十日《联合报》

风　筝

一道透明的通天梯
那一头到底
要搭在什么上头呢?
那么陡峭的斜坡
要把谁啊接上去?

不能再抽象的长颈鹿
要伸到世外去窥探
地平线后的虚实么?
只为告诉下面
所有的望眼说
什么也没有,其实
经线又能怎样
纬线又能怎样

子午线贯日又能怎样?

都市之囚,有人欢喜
遛狗,有人欢喜放鸢
让它牵着地面
所有艳羡的视线
束成一辐辏的焦点
寻找被天掳走
却又被人拉住
那一点矛盾的平衡
你说,总有一天去塞外
沿着河西的长廊
真正把它放生
成大漠的孤烟——直
——斜一些也无妨
(王维的水墨画反正
不用界尺)也不会妨碍
长河之圆,牵,一轮落日

但都市那狱卒

总不肯放你

红灯红灯又红灯

睽睽地监视着你

手机手机更手机

逃不出阿拉伯数字

所以在停车的瞬间

从灯号纷繁的缝隙

有一瞥筝影,突然

在一切的外面嘶喊

在一切的上面说道

只要有人肯放生

　这一天至少

不选,不拼,不酷

偶然闲得会忘忧

—— 二〇一二年二月六日

—— 原载二〇一二年三月二十三日“《中国时报》”

白眼青睐

——赠黄文龙医师

孪生的一对水晶球
八十多年前母亲所赠
灵魂折射之窗
最有深度的潜望镜
而第一次窥见的
哦,奇迹,正是母亲
其实我当初的胚胎
也不过是一艘潜艇
泡在印度洋一般
她暖流的洋水之中
我懵懂的一推一踢
她都用声呐在收听

这重礼怎么报答得清

印度洋早已结了冰
连地球暖化都不能解冻
只留下这艘潜艇
在人海的深处仍浮沉
港湾呢,锚链呢,救生圈呢?
只留下这一对水晶球
日渐浑浊,渺渺失真
曾经如炬的,竟然如豆
先是近视,继而散光
镜架的重负压低了鼻梁
远视,也寻不见母亲

黄医师推开验光架
说,白内障尚未成熟
青光眼,要小心,是慢性
我眨着泛红的眼睛
只能苦笑,不知道应该
报之以白眼,还是青睐

——二〇一二年八月二十三日

阿里山赞

春季为何总如此年轻
山雀和蜜蜂究竟
对樱花说了些什么

秋季为何总如此清醒
银杏和青枫究竟
对风霜说了些什么

神木为何总如此沉静
古老的回忆究竟
内心转多少层年轮

高山为何总如此镇定
斜坡和绝壁究竟

是怎样的去脉来龙

这一切，只有太阳知道
这一切，造化之功
连史前的造山运动

只有它，永远如此年轻
每天把台湾唤醒
为阿里山加上金冠

一顶金冠，尊贵而灿烂
用霞火炼丹而成
全世界共仰的壮观

——二〇一二年八月四日

水中鹭鸶

一鹭鸶独立在水中

让孤影粼粼

终止于静定

哲人说,那是空

僧人说,那是禅

诗人说,那是境

摄影家说,不要动

鹭鸶说,那是鱼

只低头一啄

就破了,刹那的幻境

——原载二〇一二年十一月二十日《联合报》

断桥残雪

桥本不断，雪尚未来
迤逦西去是一堤锦带
长安居，人讥大不易
钱塘居白公幸有长堤
西向没入晚唐的雾里
遥接烟波更渺的苏堤
更南下，仍是北宋的江山吗
青石栏杆，碑亭御题
飞檐翘角，更有水榭玲珑
黑底相衬匾书的金字
正是“云水光中”，十景起点
湖光向西南开展，就算
桥真的断了，多少故事
与柳线争长，怎能就了断

一阵风来，皱了西子的妆镜

吹不开烈士的背影，倒影

悲剧遗恨，有民俗来收场

又是一割秋分，再圆秋月

秋风秋雨，唉，愁杀了秋瑾

风波难平岳墓的心情

更传说许仙和白娘子

在此相遇，也在此重逢

一念不泯，此心犹耿耿

雷峰再高压岂能够重镇

夕照不忍，一日一回顾

你听，烟水茫茫正黄昏

传来钱塘的江潮，隐隐

要招究竟是谁的亡魂

——二〇一二年十月于杭州

寻 桂

只怪我来晚了一步吗，秋天
竟不肯等我一等
秋天特有的体香，金桂
最动人秋兴，诱鼻好闻
若桂在月上是秋之魂魄
则桂在人间，年年
该是秋之使者。只怪我
来晚了一步，未名湖滨
错过了那使者的清芬
此刻却南下继续追寻
到太湖专宠的蠡湖
湖畔的另一片校区
多么怀古，以江南为名

要怪你来晚了一步
无锡人答我，苦笑浅浅
秋分一割见昏晓
中秋再满有盈亏
丛树绿油油荫蔽满园
怅怅地我走过江南大学
多水的校区，正要离去
要亲桂只能待来年
我安慰着自己，蓦地

有一片异香顺风蹑来
轻轻拍我于肩后
回头细寻，青柯翠叶的密处
竟躲着簇簇的金蕊
回忆的捷径，所谓嗅觉
入口竟如此深藏
东吴的腹地，漕桥的旧乡
那许多表兄表妹，一房又一房

白蚕蠕伏于绿桑，一匾又一匾

斜落运河的石阶，一级又一级

稚小而多难的岁月，一季又一季

沿着桂香一缕的捷径

在蓦然回首的彼端

正天长地久地在等我

——原载二〇一二年十二月十三日“《中国时报》”

不甘秋去

清晨犹枕着一片凉雾
却翩翩飞来两只鹭鸶
风景，一下子就醒了
这一带有的是密林森森
那样的豪翠铺张十里
就为了陪衬如此的皎白
一瞬间四翼起伏多潇洒
我出神的童心，终于
回到了阳台上来，发现
此身犹恋恋，在江南

海峡对岸，最后，还是要回去的
此岸，对岸，哪边是家呢
我不是回来了吗

为什么又要回去

从上游一直到下游

桂香千里与长江比长

白桂,金桂,又丹桂

那么珍贵的秋兴又秋情

只怪来晚了,无计留秋

她便与我,相挽偕老

迟归江南的归人

每天寻遍校园的迟桂

只为贪采枝头的蜜蕊

像一对不甘秋去的蜜蜂

妄想把江南的童年

带回去酿成蜜饯

——原载二〇一二年十二月十四日《联合报》

卢沟桥

你见过西方的狮子吗
铜雕的万兽之王
踞守着陵墓或殿门
或保卫汇丰银行
峻拒贫户的高阶
那长鬣披肩的气焰
曳着劲尾，栩栩如生
时常，会令人暗吃一惊
旋即又觉得不值一笑
毕竟是假的，当不得真
中土的狮像多用石凿成
镇守的也是牌坊或庙门
却首大于身，不成比例
前足控球的雄姿，比美

龙爪攫珠的气势
不然或按着幼狮，威武
而不失仁慈，而有时
幼狮会戏弄母亲胸前
悬挂的铃铛，甚至恃宠
会攀附在母亲的肩上
狮口常开，排齿那么整齐
简直几何化了，有些可笑
但为何我会更加怕它
为何会认定它只要一吼
会传遍阴间每一个角落
牛鬼蛇神都肃然而恐
认定我身后如果有坟
不妨有一尊能来坐镇

今年九月有北京之行
两个不忘抗战的儿女
(背负过南京大屠杀

仰望过重庆大轰炸

梦魇深处仍可闻当年

逃难的歌声,《义勇军进行曲》

一唱起,仍能教心血沸腾

仍感觉少年的天上

轰炸机远多于风筝

曳光弹的炼火烈于彩虹)

最先去吊的一处“古迹”

便是这卢沟桥,早在元代

马可·波罗已叹为观止

抗战的第一枪从此开始

天上有七七,织女牛郎

地上有七七,国破家亡

卢沟桥,大难的见证

七百头狮曾激发吼声

我一路怆然,踏过这古桥

半公里的祭拜,带抚带拍,

顽石虽冷,抗战仍热

触手鬣张目嗔的神情

七十年后犹炽着余怒

“委屈你们了,不甘的狮魂”

健忘的后代早已忘怀

深深地,唯你们记住

牢牢地,唯你们守住

七十年久的风霜蚀刻

唯你们,刻骨地,仍记住

——二〇一二年十二月二十九日

——二〇一三年五月修订

我的小邻居

在我书房朝西的一面
冷气机半遮的窗台上
有一个悦耳的小邻居
我的户外是它的户内
偶尔会听见它在婉啭
隔壁无心的一曲轻歌
它不知墙内的知音是谁
是不是诗人更无所谓
我也不知道歌者是谁
究竟是绿绣眼呢或并非
更不知该如何请它来户内
只能猜这无户籍的邻居
也许是掠食我盆景的飞贼
有一盆小金橘,满枝累累

只留下三五啄余的残颗

但何必计较呢，我想

　　它何曾计较

　　清晨或黄昏

让我偷听忘忧的歌声

——二〇一三年一月

——原载二〇一三年二月一日《联合报》

问　答

——题蒲添生雕鲁迅

不似罗丹所敲凿

那么苦苦地思索

也不似古希腊

雕刻的那么赤裸

唐装，蓄髭，托腮

怔怔地望向未来

他深深关注的

该是我们这时代

真想回答他说

和你的时代相比

不会更好或更坏

智者仍然在沉思

勇者仍然在坚持

纵然我们未成功

幸好,也尚未全败

黄金风铃

黄金风铃，是谁所命名

是谁，在河堤左岸

一夜间将金铃摇醒

金铃叮当，叫醒了

我们饥饿的眼睛

都出来阳台上张望

指认迎春的旌旗

忽然在惊蛰后赶来

来等待太阳点名

肆无忌惮的艳黄

后期印象派所挥霍

怎能不赶快

下八楼去亲近

一树树，天真的奇迹

一簇簇，唯美的阳伞

绯纹并织着五瓣

探入含羞的蕊心

问你是谁呢，黄金风铃

—— 二〇一三年四月十三日

阿里朝山

一缕芬多精牵我的鼻子
神木长老所派遣
一路盘旋又回转
把我诱上了阿里山
两千米海拔的驿站
九重葛和一叶兰,迟樱
和杜鹃,一一来招呼
用芬多精或是芳多精
用近馥或是用远馨
来宠上山的凡人

一番惊宠终于入了境
只觉得参天高寒有树影
向人幢幢地围来

提醒我，黄昏的典礼
由夕照亲自点名，所有的云
都一定出席，不可错过
便排我在现场的一角
屏息见证，壮观了全程
直到霞旌和霓旗，纷纷
拥走了耀眼的日神

当晚，主客都约定
冒更冷的凌晨起身
到更高的塔山对面
去迎接前夕送走的
日神更气派的凯旋
才五点，人影已危布在绝巅
桧柏森森也难掩
炼丹炉渐旺的火光
看台上乍一阵喝响
它来了，它来了，它来了

那许多先导

那许多随扈

那一切招展

那一切部署

那慑人的排场

那骇目的揭幕

—— 二〇一三年四月二十三日

谁来晚餐

断茎残梗的粗砂地上
有一具蜷曲的躯体
在爬。畸形的四肢
在困难地蠕移,几乎
撑不住重大的头颅
像一只黝黑的病蛙
又像是蝙蝠,只剩了骨架
再也飞不起,趴在地下
苏丹太荒瘠,非洲太大
它只能勉强地一寸寸爬
爬,爬,爬,比蜗步更慢
终于力尽了,降服给热砂

五码外,早落下一头秃鹰

管它弃童，饥童或病童

锁定了它稳赢的猎物

那黑童仆而再继

倒马拉松式的慢爬

无神可祷的长空下

仍梦想着辽远的救济站

还在等它，却浑然不察

仅仅五码外，背后的猎者

尖喙，利爪，远比联合国近

也饥肠辘辘，也正在等它

一扑就到口的晚餐

—— 二〇一三年四月三十日

高雄市美术馆“普利策摄影奖”观后

西子楼

海峡浩荡是前景

寿山巍峨是后台

日月与星辰是大壁画

更有长堤伸出了双臂

一左一右,将灯塔举起

引进七海来归的舳舻

壮阔的剧场正在等待

一位主角来演出

天风与海涛都在呼唤

美丽的预言正在等待

来吧,西子湾等你到来

西子楼等你来登高

晚霞正昼夜交替

等你上楼来观礼

附注:中山大学前门正对高雄港北面入口,门外之校友会馆新建落成,我为之题名“西子楼”。楼高三层,巨舶进出,左有旗津之绝壁拔起,右有柴山之峻坡遥卫,海峡日夜浮于堤外,更一望无涯。杜甫诗“门泊东吴万里船”,恐犹不足尽其气象。

——原载二〇一三年五月二十六日《联合报》

天　兔

月满中秋到秋分，拜月族
仰盼了好几个夜晚
向太阴斑斑寻找
何处是托天桂柱，何处
是高不胜寒的蟾殿
却盼来这么一头脱兔
不甘守株，不捣灵药
径自闯来了世间

正猜他何时会登陆
跨东经或北纬的罗网
竟滚成了一盘漩涡
雨仗风势，向卫星云图
指点说，有七股白弧

是天兔的大耳，劲腿
正一轮又一轮
追赶着自己的尾椎

暴风圈同心圆的飞盘
来势有谁敢接住
那着魔的大陀螺
是谁一鞭鞭在抽打
防波堤低于门限
十轮卡甩成了 Lego
超，大，豪雨是兔溺吗
面具后是什么凶神

把顽固巨石吹下了山来
把天真黄鸭赶上了岸去
把浪子都困成宅男
电话的那端，香港人问
高雄的风雨厉害

不厉害，我说，你等着瞧吧

红宝石的兔眼

后天就盯上了你们

——原载二〇一四年一月三日《人间福报》

记忆深长

记忆像铁轨一样长

像山线的隧道一样深

像海线的窗景一样远

车站有短靠也有长靠

月台有长亭也有短亭

挥手有送别也有欢迎

便当有排骨和黄萝卜

点心有凤梨酥和太阳饼

到站会重重喘一口气

出发会筋骨一下子抽紧

一声长啸拖一道黑烟

枕木在风火轮下呻吟

未来的铁轨当更快捷

一票就贯通地下的关节

但南来北去的乘客啊谁会

忘记从前乘车多乘心

——原载二〇一三年十一月十七日《联合报》

拔　海

——给生于风灾的女婴碧雅

被咒的千岛南国

天兔之后再来海燕

你母亲却非燕子

重负满胎，只能

在家村陆沉的外海

抱一截木柱漂浮

你睡在羊水中，怎知

母亲在海水中正跟

豪雨和飓风交手

随时会灭顶，没于

一排接一排浪头

这，绝非公平的决斗

大哉母爱，赢的是母亲

只凭着一条脐带

竟敢与死亡拔河，不

—— 拔海

—— 二〇一三年十一月十四日

—— 原载二〇一三年十一月二十七日《联合报》

Casino*

Sin of Macao,

A necessary evil.

宫殿一般的高门

是通向天国呢

还是向地府

贪与贫几乎孪生

赤穷与骤富

乾坤一掷

全在轮盘

骨碌碌不可逆转

不可停下

也无法不停的偶然

——二〇一四年三月三十日于澳门

* 编者注:标题意为“赌场”。第一句大意是“澳门的罪孽,不可避免之恶”。

童　心

童心是诗心的来源

天真是天才的起点

童心是敏感的指针

永远指向母爱的磁场

　永远指向

母语深层的金刚石矿

——二〇一三年五月

二月婴

无论这世界如何不足
白发人临去都恋恋不舍
无论这世界如何不安
小婴孩,浑不由自主
仍纷纷向时代投胎而来
乳齿未萌,细拳紧握
尚未落地的脚底
十趾露出襁褓,一排豆粒
似断犹连,刚脱了脐带
暖洋洋的母胎成了史前史
保温的洋水可有记忆
星云叆叆是你的灵台
未来的世界完不完美
还不成问题,暂时
把乐观或悲观交给宗教

鼓动你吃奶的力气吧
把你的世界含在奶头
世界太大了，母亲的手
是你唯一的把手
父亲硕大的肩头
是你依赖的靠山
这两个贴身，乾坤还未分
连你自己也尚待体认
至于我；八楼的近邻
鲁莽闯进你视域的陌生
是第几人呢，有一天
会变成你父母口中
一次忘年的偶然
一个缘分

附注：这女婴是我近邻评论家丁旭辉的女儿。

——二〇一四年一月十二日

——原载二〇一四年七月十一日《联合报》

送梦蝶

孤独王国九十四年后
终于降下了半旗
有一个号手向暝色
用黄铜深长的咽喉
吹奏送别的低调
边界的另一头
也不愁无人迎接
纳兰性德,黄仲则
苏曼殊,弘一法师,周弃子
下午二时四十八分
哀沉的号音终止
然后是一片肃静
二时四十九分起,听
九重天上,一重一重

城阙开闭的声音

所有天使都加了班

——原载二〇一四年五月七日《联合报》

招　魂

五月五，楚大夫
转过你崔嵬的背影
等一等你身后的民族
让我们赶上你吧
令旗招展，急鼓催渡
以离骚的高亢
加招魂的怅惘
向仲夏渺茫的江湖

大江东去，楚大夫
淘不尽你的傲骨
黄河西来，楚大夫
遥应着你的悲苦
守护你的，是一切水族

追寻你的，是整个民族

魂兮归来，不可以入海

魄兮归来，不能再放逐

都为你而下水，满江龙船

都为你而分波，满舷长桨

都为你而悬挂，满门菖蒲

都为你而落肚，满怀雄黄

五月五啊楚大夫

你高瘦的背影请一回顾

众人皆昏唯独你清醒

这时代尤其要你带路

——二〇一四年六月二日

白孔雀

前身该是青鸟吧
竟然变成了白孔雀
　细喙长尾
或恐向童话翩飞
同样神奇是配杯
饮者一壶在握
切莫将天机错过
　提壶一倾
　醍醐源源
可忘忧而长醉

芭　蕾

那么高蹈的舞步
跟世俗几乎不接触
　力的平衡
　美的长驻
似乎有音乐在引路
　洁白无斑
　如此雍容
只能从烈焰中炼出
艺有艺的艺术
神有神的神通

半　途

知了越噪越显得宁静
此生倒数，该是第几个夏天
蝉声再长，也只像尾声了
与永恒拔河，还没有输定
向生命争辩，也未必稳赢
敌人不缺，但朋友似乎更多
也更加热烈。粉丝是够多
够阔了，倒是不世的知音
轻易不出现。光阴的回廊
一瞥可惊，有自己的背影
似远又疑近，倒是远古
三闾大夫，五柳先生，大小李杜
却近得像要对我耳语
自由是从心所欲，不逾矩么

圣人说到七十就为止

只为更远他未曾亲历

而我到此八秩有七了

有一天醒来会惊对九旬

行百里者,果真,九十是半途?

不必了吧,谁稀罕金氏纪录

嘘声逆耳,掌声却未必

能搔到虚荣的痒处

幕前已经够久了,何不

趁掌声未断就退入重幕

历史在后台才会卸妆

而如果此心淡定,或许

真能赶上梵谷的轮响

辘辘,渡吊桥而来

或许追随坡公的杖声

铿铿,叩木桥而去

——原载二〇一四年十一月三日《联合报》

梦幻舞马

梦幻舞马！西方人怎么把海
叫成 mar，巧合得多么生动
一匹马单奔成流利的散文
两匹马并驰就成了骈俪
一排马向你奔腾而来呢
飘鬃引领着长尾，肩膂起伏
马蹄错落，马首昂扬成浪涛
向你冲来，怎么得了这海潮
瞬间就将你淹没若海啸
那一夜，我们的脉搏加速
似乎跨上了昭陵六骏
不，何止六骏，是六骏用八乘
是震动天方夜谭的骁腾
是卢西塔诺，是西班牙纯种

不是来沙场奔突，投身杀戮

冒着矢雨和矛簇，不是来受鞭笞

来送军机火急或荔枝新鲜

从海角的驿亭到天涯的终站

而是来自远古，来带领我们

抛下一切，再返回从前

当他们还是自由之身

在野之身，造化初造成

与人亲近，做人的良朋

带我们去大野放蹄驰骤

踹过大漠，绕过火山

穿过绿荫染颊的森林

穿过悠久的中世纪，文艺复兴

似乎凭空我们添了四蹄

人马一体，两命合成了一心

直到马蹄踏进了梦境

蹄音踏踏呼应着心跳频频

梦幻舞马乎，马舞幻梦乎

要进那世界,只需念一声咒

Cavalia,就叫开了门

——原载二〇一五年二月二日《联合报》

第二辑　唐诗神游

下江陵

白帝乍發的一箭
不用拉縴
何需操櫓
驚動兩岸的猿猴
再鼓噪也止不住
海拔陡降怎算得出
動員李可染一排排峭壁
再攔也难阻
管他巫山巫峽
那一串串的典故
李白在船上耶
舵尾側側转转
浪頭起起伏伏
不到雲夢大澤
那氣勢怎煞得住

2013.6.9

（余光中手稿）

讀八陣圖

大斧劈劈出的
二十個方塊漢字
給你削成了四行
平仄有呼應
虛實更互補
我一入就不再能出
豈不也是
另一種八陣圖
撒豆成兵
布字為陣
大江滔滔
淘不空一首五絕
只留下這些頑石
歲月徒繞着空轉
再挽也不回的石磨
把歷史磨成傳說

2013.3.1

（余光中手稿）

行路难

欲去江东
却无颜面对父老
问子弟而今安在

欲去江北
却无鹤可以乘载
况腰间万贯何来

欲去江南
暮春却已过三月
追不上杂花生树

欲去江西
唉,别把我考倒了
谁解得那些典故

——原载二〇一三年一月二十五日“《中国时报》”

空山不见人

空山不见人
但峭壁多回声
一声咳嗽
似远又似近
也许那人已转过
右边大斧劈的悬崖
早没于盘旋的松径
空山无人
才真是自在
鸟声,没关系
瀑布声,更没关系
但一声不明的咳嗽
就乱了整幅禅机
你说是吗,王维

——二〇一三年六月九日

桂魄初生

桂魄刚怀鬼胎

露水才湿秋意

轻薄的罗衫已难敌

要靠银筝来挑拨孤单

即使弹落了三两流星

又怎能面对夜色深处

一直在等我回去的空房

户外,户内

我究竟该留,该归

——二〇一三年六月十三日

大漠孤烟直

一切都离你那么远啊
背景全退到了天涯
南宗水墨画的宗师
竟超前实验抽象画
寂寞的天地间
下面,是一片艳黄
上面,是一片通赤
中间,竖一截诡灰
还倒映一道幻紫
但暝色收拾了一切
代之以全面的昏暗
只透漏一点点亮青

——原载二〇一四年六月十二日《联合报》

下江陵

白帝乍发的一箭

不用拉纤

何需操橹

惊动两岸的猿猴

再鼓噪也止不住

海拔陡降怎算得出

动员李可染一排排峭壁

再拦也难阻

管他巫山巫峡

那一串串的典故

李白在船上耶

舵尾侧侧转转

浪头起起伏伏

不到云梦大泽

那气势怎煞得住

——二〇一三年六月九日

岱宗夫如何

齐国加鲁国都放不下

你青绿无际的大排场

(这抽象画简直放肆)

是谁将造化的神秘

高高私藏在此中

阴阳共一脊,互成朝夕

(立体主义晚一千年)

云海鼓动满腔的元气

缩地仙术在寸心

贪看暮色如何把归鸟

赶入最远那树丛

(镜头只移了一下)

就害人把眼眶张痛

总有一天我索性从岳顶

把这一切峰岭岗峦

俯瞰成脚底的盆景

读八阵图

大斧劈劈出的

二十个方块汉字

给你削成了四行

平仄有呼应

虚实更互补

我一入就不再能出

岂不也是

另一种八阵图

撒豆成兵

布字为阵

大江滔滔

淘不空一首五绝

只留下这些顽石

岁月徒绕着空转

再挽也不回的石磨

把历史磨成传说

——二〇一三年三月一日

枫桥夜泊

寒山寺被姑苏城
关在了城外
已经夜半
却关不住钟声清远
荡过水面的空阔
直到夜泊船客的耳边
一怔间,只惊于月落
乌啼霜满天,几点
失眠的渔火,对着
同样无寐的枫桥
真被催眠的却是我们
千年后就着灯光
为何永远被祟
在一首绝句的现场

——癸巳年正月初二

登鹳雀楼

白日，已落到山后

黄河，前浪早入了海

至于后浪，源自雪水

还有得流呢，千年万代

你真要上楼去望远吗

就让我陪着你吧

像穿越电影那样

你带我去指点盛唐

我带你，唉

去回顾二十一世纪

泠泠七弦上

此心曾经敏感

像钻石的针头

轮回于古典的纹沟

但一切都数码化了

黑胶古道早行不通

泠泠的七弦上啊

已不闻松风寒了

饥耳,早难餐万籁

其实,七弦又何用操劳

　古树根下

　丛丛簇簇

多的是黄金针头

尽可听原始的松涛

附注:此诗本于刘长卿诗《听弹琴》:“泠泠七弦上,静听松风寒。古调虽自爱,今人多不弹。”我早年倾心古典音乐,曾在美国买了许多唱片,狂热的心情有如唱机的针头,起伏旋转于细致的沟槽。但黑胶唱片后来不流行了,终成“绝响”。我惯听的“古调”,时人都已不放了。其实,都市中人久已不闻造化的万籁,所听无非噪音。要静听松风,不如深入林间,听清音穿透松针:那正是最好的唱片,在一切科技之前。

——癸巳年正月初三

——原载二〇一三年四月二十二日《联合报》

江　雪

这能充水墨画么
　绝而且灭
　独而且孤
就凭那一缕钓丝
由真入幻，由实入虚
能接通鱼的心事？
太紧，未免会泄密
太松，又恐像钓名
　王维说，磨墨吧
　管它好不好画
　都不妨试试

寻隐者不遇

那童子笑笑说

师父一早就上山去了

他身子一向好

也不全为了采药

要是我陪您去找

只怕我们先迷了路

师父却一个人回来

云,实在太深了

连樵夫也不想出门

不如且坐在这松树下

让我去扫些松针来

给您煮茶

——原载二〇一三年八月二十六日《联合报》

听　筝

琤琤琮琮

周郎在座中

要他投来青睐

偶一拂错便可

时时误拂

只恐会引他皱眉

甚至一怒

会不顾

而去

——二〇一三年八月十一日

新嫁娘

新娘也算是考生吧

第一考是洞房

第二考是厨房

锅盘碗箸

这羹汤怎么煮呢

咸淡酸甜

与其兵临城下

看姑的脸色

不如先试小姑

看她是怎样的表情

—— 二〇一三年八月十一日

问刘十九

那么好的酒耶

不知应召了没有

只知每读一回

都馋得似乎嗅到

那一股酒香，从中唐

一路飘来了我书房

柜子里也尽有茅台

水井坊，五粮液，高粱

我却羡慕你，白居易

那台温馨的小火炉

更羡慕你，刘十九

有这么雅兴的酒友

不用写诗，就跟着不朽

遣　怀

落魄江湖载酒行

有船带酒,还不算落魄

楚腰纤细掌中轻

真是腰细于指么

十年一觉扬州梦

够长了,在扬州却嫌短

赢得青楼薄幸名

这种邪名不出也罢

尽管如此

令人竟有点艳羡

自弃自嘲

倒过来却像在炫耀

虽是苦笑

未必不带点回甘

—— 二〇一三年八月十五日

—— 原载二〇一三年十月二十九日“《中国时报》”

寄扬州韩绰判官

李白送故人
烟花三月去扬州
杜牧念旧友
山长水远隔秋夜
一切是那么迷惘
而又是那么剔透
游客抱怨,“哪有
二十四桥呢,哪有人
在教吹箫?”
通通没有,又有何妨
这一程唯美之旅
应全凭诗人带路
本不该交给旅行社
派导游来安排

——二〇一三年六月十二日癸巳端午

夜雨寄北

电影开头

巴山在外面正下着大雨

水珠溅湿了窗棂

电影结尾

烛光在窗内暖而亮

对照着巴山夜色的雨景

剪烛的不是

一只孤单的手

一剪岁月，再剪道途

这超前的蒙太奇

也是剪接而成

却什么术语都没用

——全不像我

——二〇一三年六月十三日

应悔偷灵药

不死药至今仍然成谜

连不老之药也仍待发现

最美丽的国际逃犯啊

神话是最有效的庇护

有什么用呢，警告逃妻

追诉期早过了吧

后羿的悬赏再重

也无法将火箭启动

一路引渡你回人间

伐桂的斧声太吵

蟾声又太含混

其实

不死药也不能解决失眠

——二〇一三年九月十七日

霜　月

秋气肃杀

霜女真要斗月娥吗

名副其实的冷战

用最美丽的武器

月色皎皎对霜体晶晶

而观战最妙的位置

是近水交辉的楼台

梦里梦外，一夜下来

谁更婵娟呢，谁更绝情

谁输谁赢，谁说得清

附注：可参照李商隐七绝《霜月》：“初闻征雁已无蝉，百尺楼高水接天。青女素娥俱耐冷，月中霜里斗婵娟。”

——二〇一三年十二月二十七日

——原载二〇一四年一月二十七日《联合报》

北斗七星高

北纬线长

把北斗越放越高

半天寒光

抖动哥舒的宝刀

长安今夜

想正是万户灯火

但在塞外

却以暗穹为帐篷

以星光闪烁为烛光

来伴将军的薄梦

——原载二〇一三年三月五日《联合报》

陇西行

生死不过是一线之隔

阴阳两界一针就缝合

蒙太奇把明暗叠在一起

让征妇千里越界来

而征夫万劫回家去

谁说无定河不能渡呢

—— 有诗人引路

奈何桥就成了鹊桥

生死簿成了姻缘簿

—— 二〇一三年八月十日

中　秋

吴刚昂举的巨斧下
高桂越伐而越茂
桂冠不萎，则诗心不凋
秋之魂魄今夕最飘渺
海峡是谁的心血，最来潮
冰宫晶阙的女主人，独身
亿载只剩这一轮神镜
影影绰绰还引人指认
蹲伏的蟾蜍，腾足的玉兔
这一切神话再奇妙
只可惜观众寥寥无几
只为了过节的闲人
一半，正忙于烧烤
一半，正低头拨手机

——原载二〇一四年十月七日《联合报》

第三辑　长　诗

秭归祭屈原

莽莽草木，滔滔仲夏
日在毕宿，人在三峡
大江东去，烈士淘不尽遗恨
又是剑挂菖蒲，香飘角黍
鼓声将起，龙舟待发
翼然欲飞，两舷的排桨
只等令旗一挥，就破波拨浪
去迎接远去的孤臣还乡

秭归秭归，之子不归
行吟泽畔，颜色憔悴
江湖遍地，究竟他在何方
屈平其名，铮铮傲骨却不平
永不屈服是正则的脊椎

他佩的是长剑之陆离

戴的是高冠之崔嵬

他手捻兰花，翩然两袂

乱发长髯，任江风拂吹

眼神因不胜远望而受伤

迢迢望断郢都的方向

秭归秭归，之子不归

他沉吟叹息在汨罗江头

国破城毁，望不见郢州

遑论上游更远的秭州

秭归秭归，之子不归

怀王不返，秦兵不退

帝遣巫阳下界来招魂

魂兮归来，东方不可以徘徊

江湖满地，下游更阻于沧海

魂兮归来，南方不可以流连

南溟浩渺，天低鹘没

让韩愈和苏轼去放贬

魂兮归来，西方不可以迁延

流沙千里，丝路漫漫

昆仑嵯峨，冰封崦嵫的鸟道

绝域让张骞和玄奘去探险

魂兮归来，北方不可以逍遥

戈壁无边，沙尘卷暴

让苏武去牧羊，昭君去和番

魂兮归来，上天或下地

都非你耿耿之所甘

你的归宿是三楚才心安

心挂在故国隐隐的雉堞

你是鲑鱼，逆泳才有生机

孤注一跃才会有了断

如你，我也曾少壮便去国

《乡愁》虽短，其愁不短于《离骚》

你阻于江湖满地，我阻于海峡中分

你顺流而下，如江水不回头

我又何幸，少壮出三峡，还金陵
浮槎渡海，临老竟回头
回头竟有岸，溯你的泪痕斑斑
下汨罗，过洞庭，历江陵
逆荆州与宜昌而上，来祭秭归
从汨罗江畔你披发投水
到秭归家门你赤体投胎
从国士吞恨到啼婴发声
把一生的悲愤倒收起来
来你的庙前行礼祭拜

蒲剑抖擞，犹似你的气节
角黍峥嵘，岂非你的傲骨
两千三百多年前，你奋身一纵
成清流，上游一直到下游
江水浩浩因你而清浏
非沧浪之水濯你，是你
明矾如砥，镇净沧浪

听,鼓声捣耳,千楫如梳
像是争先要将你抢救
你却永远在我们前头
不懈的背影高冠巍巍
为我们引路,引渡,告诉
我们,切莫随众人共浊合污
你才是天问的先知,年年
踏波为我们带路,指路
你早已修炼成不朽的江神
不再是落魄的三闾大夫
问所有的樵夫,渔父,
所有的尖粽,所有的艾草
所有的选手,所有的龙舟
这已是无人不信的民俗
问所有的水族,所有的荇藻
所有的芙蓉与兰桨桂棹

乱曰

秭归秭归,魂兮来归

端阳佳节,雄黄满杯

历史的遗恨,用诗来补偿

烈士的劫火,用水来安慰

花国之旅

集曲线美七色缤纷之大成

花博的徽号炫我眼睛

如披头士的《黄色潜水艇》

—— 草莓田，永永远

—— 金针花海，菜花田

—— 薰衣草之梦，紫若魇

不禁想起她们的姊妹

在最娇的年龄，在花店

胶布铐脚，铅丝穿肠钩肚

伪装的婚纱把身裹住

卖给宴会，做贵宾的胸饰

新娘的宠捧，水瓶的囚徒

垃圾桶充明天的坟墓

布雷克却说:“一花一天国”

对蝴蝶和蜜蜂,是这样

花博说:这里是花的联合国

四季的剧院,色彩合法暴动

立体几何的意识乱流

复瓣的屏风遮着蕊心的梦

波提切利,雷诺阿,夏高的调色板

唯美主义的大殿堂

战车可以碾雏菊的牧场

但要问跨国的军火商

你真敢在梦想馆,舞蝶馆

公然展售最尖端的武装

精准,昂贵,高傲的兵器

量屠,灭族如高效的除草机

敢对唯美的信徒咆哮

芝麻开门,洞天透晶,魔地如茵

满库珍藏的是美而非富

是扎根，发叶，分瓣，吐蕊的生命

非珠宝非精品非守财奴之财

是神的慷慨，人人都有份

左顾右盼，琪花瑶草

将我们宠成了仙人

即兰花一族就千姿百态

连屈子也无法逐一点名

仙人掌从高窕到圆滚

似近实远，像刺猬化身

谁敢跟他们握手，交手

百朵同根，白菊从窗格里

睒睒灼灼，伸首来欢迎

纯洁的百合丽质不甘

自弃，更列队在一旁等待

不，不是百姓夹道迎贵宾

是我们，拥挤的凡人

阅兵一样在检阅贵族

盆景要俯览，众卉要平观

老榕和古松与高曾祖同寿

蟠龙蜿蟒在危崖，要仰瞻

“那锦白耀眼的，可是芒草？”

我惊叫，义工却笑了

“不是的，是棉花！对！是棉花！”

梦想馆是天真的起站

世故与童心的接壤

不用签证，只需向守关领取

奇幻一闪，戴上一道手环

便入境了，入认真的幻境

半小时不满，感觉已隔世

甘心被花神洗脑，向花国

投胎，一路结花缘无数

一挥手荷花就为你绽放

柳条婀娜也为你旋转

飘飘然，你入籍了蝶族

蜂窝或鸟巢,午寐成庄生
栩栩然,蘧蘧然,全然忘我
穿过大堂,梦游者的广场
穹顶一朵超白巨葩,有如
一盏百瓣的吊灯,长瓣
徐开又缓合,是花魂冥冥
在深呼吸吗,纳了又吐
之后又来到一处剧场
随众席地而坐,分不清
自身是昆虫而六足,禽族而双翼
忽地腾空,升入了游仙诗里
森林与山岳,全世界向你扑来
其快是见山不是山,见水不是水
狂跳的心脏,喘气的肺叶
怎承受得了如此的漩涡

终于到了出境的关闸
你腕上的阴阳手镯

精于计算,吐出了一叶奇花

原来,你想,这便是我的魂魄

我的卡上是一朵大紫花

浓艳而神异,费解如谜

她卡上映出复瓣缤纷

瓣分三层,瓣尖辐射向四方

从浅黄到深棕,蕊心如太阳

直到今天还靠在书房

一座透澈的水晶镇纸上

像远征的足印,又像

什么神话坐实的物证

舍利子,佛骨,圣杯或陨石

证明二○一○年十二月三日

两人忽然失踪于台北

失踪于手表的长针短针

指挥的所谓时间,失踪

于红灯绿灯又黄灯

主宰的空间,花间一日

不，花间千年，世上才半天

灵魂向躯体请的是长假

到此刻还未曾全销

也许，是什么科什么目的昆虫

四翼或六脚，此刻

已蜕变成我们，不知

究竟该向谁啊去追问

——原载二〇一一年三月六日《联合报》

卢舍那

想当初江湖满地，鳞鳞蛟龙
大禹疏洪，鬼斧神工
把郁郁磊磊从中劈开
让伊水自在向北面流来
要等多少劫数啊岩壁
才有幸雕磐作龛，刻骨成佛
接受胡汉五体的罗拜
想达摩东来，玄奘西征，一张地图
摊成几千里丝路牵引
才牵来多少队骆驼络绎
驼铃摇醒中亚的岑寂
蹄印纵横，一步一陷坑
早被风沙一层层掩埋
留下斑斑这龙门古迹

上面是柏树林勃勃，天机不改
下面斜行着地质露筋，远看
像一片蜂房参差，近看
有深有浅，各有各的玄秘
只要有佛，哪怕只高三厘米
每一壁也自成一龛洞天

两千多神龛供着十万尊佛像
又似在户内，又似在露天
都对着伊河粼粼，坐西
朝东，其中有一龛与天相通
洞里朝廷的气象，巍巍拱着
一佛，二徒，二菩萨，二天王
二金刚；至尊坐镇在中央
左右贤徒是近身的弟子
大弟子迦叶，肃穆苦行僧
阿难多闻善记，廿五载随行
仍然对称，左文殊，右普贤

不乘青狮或白象，只能牍侍

再左右依次是天王，力士

夜叉佝偻在脚底，负重呻吟

如此排场，两侧供奉着谁

谁才配中间坐在主位

除非卢舍那，佛陀的化身

卢舍那，佛陀修炼成正果

华严净满，光明乃能普照

背负着圆光，火焰纹升腾

只见他，宽额丰颊，螺髻高戴

眼睑微垂着慈祥，目光

隐隐，俯接信徒的仰望

至于佛身，通肩的衣纹

弧线浩浩若涟漪展圈

双手已断于岁月，但手势

引拒之间，施无畏或与愿

仍可想见。九尊石灰岩像

卢舍那居中，崇逾十七米
嵯峨相当四层的高楼
文殊，普贤十三米，二徒，二天王
二金刚，各为十米，俨如重臣
侍帝王于朝廷，当旭辉
自香山背后凌伊水照来

奉先寺这一窟巨龛，坡半
高据，横阔又纵深，拾长阶
百级而更上，不胜其优势
香客尚不及莲座，抱佛脚
是妄想，攀佛膝更不能
惟卢舍那的眼神将我们
已摄住，那神秘的磁场
降吧，再回神已莫能
史家说，是唐咸亨三年
高宗与武后乾坤共政
起建龙门这浩大的工程

多达二万贯是武后所捐
原是她自己的脂粉钱
这豪举不免引起了传说
说匠师挥锤敲凿的法相
难免暗传武后的风姿
三年后,神工终毕于一龛
耳长近二米,只算是常规
但眉弯新月,杏眼修长
几乎要入鬓,竟双倍于唇宽
几令我忘记俯临吾身
是佛陀的报身,而非才人
妙手的雕师啊,雌雄同体
竟叠合了天人于一瞬

武则天姓武,性却近文,施政
叵测,临朝却露出真性
在龙门东山建寺落成
率众臣方顶礼,忽嗅到

芬芳袭人，为山多香葛
名山为香山，并命众臣
赋诗以志庆，先成者赏锦袍
左史东方虬最先，即得袍
领赏回席未定，宋之问
继献所作，文采可观
武则天读而悦之，即刻
夺回东方虬手中锦袍
改赐了次交的宋之问

千五百年前，如此奇女子
自为天下所不容，政体
伦理，都被她一扫而开
徐敬业兵起，骆宾王草檄
理直气壮，数尽了她的罪名
道观，佛堂，后宫，前殿
才人，昭仪，皇后，周帝
任由她出入，来去

龙子龙孙，任由她废立

男女之大防，任由她取舍

欲断唐祚，却尊李耳为真经

杀人不怯，却自命弥勒降世

天纵聪明，兼容这许多矛盾

十恶不赦，偏如此爱才知人

能诗能文，遗作竟不传后

惊世骇俗，遗容竟托佛相

而不朽。可惜我来迟了

迟来了足足十五个世纪

啊不，与此人同朝共代

未必能避灾：哀哉！善哉！

但隔着时光如伊水迢迢

伊水不回头而青山常在

功过且归历史，名胜等待远客

象教自能推佛法，色空何曾空

都说大乘西来，此乃东方美

之典型,想起了米罗女神
同样可惜都缺了双臂
别具不完美之美,想起
蒙娜丽莎,不知要瞒些什么
笑意盈盈神秘到现今
想起菩萨来中土,空净之中
常含着一涟笑意,解严了
眼神与唇态,像难以捉摸
(佛曰不可说)的倒影
偶然,历史也会眨一眨眼睛
难说究竟是有意或无心

——二〇一四年六月二十六日

大卫雕像

你原是卡拉拉大理石矿
附近的波代丘采石场
一块高贵的大理石，比希腊
帕罗矿所产更白更纯
庞然的磅礴运去西岸
在斯培加港吊上了驳船
由亚诺河口上溯到翡城
杜奇欧和罗塞里诺，翡城
两雕家，先后曾向你施锤
用钻，奈何都与你无缘
只好知难而退，一任你横躺
在大教堂工场的院落
由造化寒暑的脾气去虐待
也许你，一块天真，还可以

就如此仰卧下去，若非
你体内，纯净剔透的深处
囚禁着一尊不甘的巨灵
自古一直在苦等，而今中世纪
将醒，文艺复兴正光临
隔着石壁，莹白而无辜
他似乎在远方隐有所闻
你用超音波暗发的呼救
“我来了！ 我来了！”他终于回应
从罗马他迢迢奔回了翡城

他，佛罗伦斯之子，天才
中的天才，苦命中最命苦
新近在罗马成名，廿四岁
已雕就《圣殇》，让无奈的圣母
俯身承抱着长大的圣婴
刚从十字架扶下，钉眼
张着伤口，已死而未僵

廿二岁已雕就了酒神

修长滑溜的腰身，骨肉匀称

葡萄累累满头，后面跟着

童身羊蹄一头小牧神

佛罗伦斯的朋友催他回去

说，再犹豫那吨宝石

那晶光欲透的大理石素材

大教堂也许真会指定

给了高雅的达·芬奇前辈

成名更早名气更高的对手

米开朗基罗争到了巨石

他们把你从地面扶起

扶正，巍然像一座里程碑

标示光荣的十六世纪

扶正，扶直，搭三层鹰架

让米开攀天梯上下，把你

石中之囚，大理石的魂魄

一锤锤，一凿凿，粉屑纷飞
把你从古狱中层层解放
幸运的大理石，神赐你给大师
幸运的大师，你命中有此石
石高而扁，最薄处四十五公分
近脚处容不下歌利亚的
断头，大卫迎战也不能
有太开的姿态。石不能放倒
只能直立，米开的身材
不到一五六公分，即使举手
也不能触及像腰，即使踮脚
也不能收览全貌，只好
手足并用，猴攀于鹰架
让石屑纷纷，像雨季灰白
沾了他一身，深呼吸不可能
为了将你释放，要及时
完工，他减食加工，很少梳洗
从不脱靴，他，是辛苦的上帝

而你，是难造的亚当

早在十八岁，他已在医院

修道院，忍受福马林而呛咳

向筋骨和肌腱解剖尸体

更早，他的奶娘是石匠之妻

他说，他吸惯矿砂石粉

三个助手先轮番敲打顽石

把多余的白净越削越薄

但最后来叩石，叫芝麻开门

令顽石点头，把永恒吵醒

来迎接你的，米开朗基罗

他，也是以渺小搏硕大

一勇士，你掷石要诛巨凶

他剖石要救出巨灵

他攀鹰架要征服绝壁

武器是以小制大的三凿

速匕牙（subia）以牙咬石

格拉剃挪（gradino）以爪爬梳
石刻披落（scapello）完成细工
神能造人,唯他能造神
甚至第七天也不肯休息
最后,他摸到了大卫的
也就是你的,峭直鼻梁
西方男性美典范的分界
右颊有神佑,左颊转向魔鬼
英挺而峭直,尊严的陡坡
微隆似鹰,砥柱能排开厄运
米开一惊,凛于杰作之降临
运足了想象,集中了神思
屏息而悬腕,“石刻披落”
在低空待命,寻立锥的一点
一凿落错,必全盘皆输
下面等着的,是双唇紧抿
那是意志的关卡,守卫着
咬牙切齿,但他是天生巨匠

能慎能狠,快而且准,纯以神遇
毫厘之细决胜于肘腕
终于到喜怒的舞台,表情的
焦点,万象由此而入,灵魂由此
而显,眶眦所承的水晶球
双眼皮,浅眼袋正待睁开
目光灼灼,当日曾倒映
歌利亚幢幢的巨影,他举凿
向瞳人刻出了灿灿双星
浓眉危崖,上面耸怒的
是纵纹,更上面覆额的
是发卷,茂密而青春,他用
弓钻来穿洞,让鬈发披垂

新世纪才进入第五年
一五〇四年四月,近千日的苦工
终于结束,你,大卫的巨像
挣脱了白牢,抖落满身灰屑

第一次见到你的救星

米开朗基罗，救你的主人

第一次见到他的杰作

苦尽甘来，几乎要忘记

近千个日子他如何熬过

如何疲于攀爬，筋酸骨痛

敲打不休，与石争斗

如何一分神失足摔跤

此刻顽石竟活了过来

炯炯的眼神四目对望

欣然，愕然又惘然，望出了神

雕像如此硕大，众目睽睽

该立在何处才最醒目

达·芬奇，波提切利都投了票

选定执政团广场的入口

瓦萨利赞道："大卫王功在

护民，以正义统治国家

是故本城亦应有勇士守护
以正义行王道。”圣母大教堂
到执政团广场，多是弯街窄巷
他们拆掉院门上方的墙壁
让雕像的木架岌岌过路
壮汉四十名用十四根圆柱
上了油，在下面推进，滚过的
圆柱就抽出来再铺前途
就这么合力拉索，运入了
气派的广场，让惊叹的观众
止步瞻仰，人潮自古到现今

五百年来，你，就这么立着
昂然立着，警醒地守着，仍似
面对着腓力士丁的巨人
扫罗王赐你的铜盔铠甲
你披戴不惯，试过又脱下
从溪中你捡来五颗卵石

以一颗入架，忽然乾坤一掷

便激射向歌利亚，竟然

命中他前额，深嵌不拔

又奔到他伏尸的身旁

抽出他利刃，断他首级

像座下的观众充满惊疑

看你左脚跨半步即止

与脸颊向左侧正一致

右臂垂着，肌腱勃勃，筋脉突起

超大的右手可想正紧握

那待命而且致命的溪石

左肘紧收而左手控着

垂到肩后的佩带，正是

慷慨一搏的刹那，立决死生

《旧约》说，那年大卫不过是

十七岁的牧童，手执牧杖

为了救羔羊，曾力搏狮熊

米开朗基罗从大理石中

放出来的，你，大卫，已是
成熟的青年，胸肌坦陈
块垒多健硕，肺活量惊人
脊椎把腰身挺得多神气
脐眼，丹田，鼠蹊，凝聚着元气
最令人讶异是三角洲头
传后的殖民地毫不惹眼
只低调垂着一对私囊
唯有一撮骇俗的耻毛
似经过精心梳刷，有意呼应
你终将戴上金冠的鬈发

讶异之情至今犹未息
年龄有差，肢体不成比例
雕像前倾，私处却加工
你啊，和史上的以色列王
究竟能不能合为一身
但你立定了佛罗伦斯

即使在大师之列，也站稳了

文艺复兴拔萃的顶点

柏拉图的理念因你而显

你沉着的怒颜似在对偶

蒙娜丽莎成谜的笑意

你的造物主，米开朗基罗

他却老了，独承着孤寂

和沧桑，罗马又在召他

创世记、末日审判、圣彼得

大教堂，在《圣经》等他去招魂

在梵蒂冈等他去定调

只为他独一无二，是中央 C

湿壁图、穹顶画、穹隆圆顶

还有别的荣衔等他去认领

而你，大卫的雕像，男性美

的典型，要留在佛罗伦斯

不容《维纳斯的诞生》

女性美的定义，乏人对仗

——二〇一三年七月十四日

后记：

此诗所言种种，均针对米开朗基罗之传世杰作David而云；所以诗中的“你”当指此一雕像，但有时又兼指《圣经》中之以色列王，而“他”往往是指雕刻家米开朗基罗。米开朗基罗的全名是Michelangelo di Lodovico Buonarotti Simoni。为避免名称太长，有时只能称他为“米开”（Michcl），而非法文的“米歇”或英文的“迈克尔”（Michael）。意大利人昵称他为Agnolo，但发音无法精确中译，而即使勉强译过来了，中文读者也不知指谁。Florence之意文原名Firenze，经徐志摩译为“翡冷翠”，采用者很多，但真正去过该城的人，对该城的印象应为一片暖橙色罩着白色，既不冷，也不翠。所以我有时只采一字，只称“翡城”，以求句短，否则仍采一般的英文说法“佛罗伦斯”。

我这首诗虽然动用了想象及联想，但细节多处仍均有所本，参考的艺术史颇多，尤其应一提时报文化出版社出版的《旷世杰作的秘密》（*The Private Life of a Masterpiece*）：Monica Bohm-Duchen原著，余珊珊中译。

我虽然写过上千首诗，其中包括题画诗多首，但多为短作，以抒情为主。这首《大卫雕像》不但较长，而且在抒情之外，并兼有描写与叙事，在诗体上，也采用诗句大致等长而大致也不押韵的“无韵体”（blank verse），莎士比亚与弥尔顿都用过，算是新拓的领域。

后　记

《太阳点名》是我此生出版的第二十本诗集，也是我自三十年前来高雄定居算起的第六本诗集。“江郎才尽”之咒语，多谢缪思，始终未近吾身。

这本诗集分成三辑：“短制”四十八首、“唐诗神游”二十三首、“长诗”四首，共为七十五首，分量之重超过我以前任一本诗集。这么多首，主题、体裁、语言变化颇多，实在难以分析。以前我常说自己的诗大半是“等来”，小半是“追来”的——所谓“等来”，是不请自来，或是一个意象，或是一种音调，或是一句可以开头，或是某词可以发展，总之就是近于“灵感”；所谓“追来”，是有人请你就某一主题在某一时间之前交一首诗。我有时会婉拒，但是如果主题值得一写，我就会以接受挑战的自励应承下来，然后在知性上做足功课，充分“备战”。真正写起来时，还得凭自己的感性，把那些知性的材料化为我用才行。

例如《阿里山赞》便是应阿里山林务局之请而写,《记忆深长》便是由台铁催生,《白孔雀》是为八方新气的白瓷雕品而作,《西子楼》是应中山大学的校友会之需,《梦幻舞马》是为宣扬《联合报》所办精彩表演而成。《秭归祭屈原》更是湖北秭归县新建屈原祠堂,举行端午祭屈大典,由该地县长跨海来邀而特地新作的第七首咏屈之赋。后来我又应邀去开封参加祭屈,不得不写出第八首的《招魂》来配合盛会。

其实诗集中颇有一些是我认定其主题极有价值而自动引其入诗的:例如《某夫人画像》就是要肯定淡泊而纯净的风格,所以正话必须反说;例如《谢渡也赠柑》则是效古代文人之吟诗答和。只要诗心不废、诗兴常发,则生活之中无事不可入诗。例如看医生原非赏心乐事,尤以看牙医为甚。近年我在白内障之外更添了青光眼,本就相当苦恼,但是苦恼不妨用诗来化解,反躬自嘲的谐趣,宋人就比唐人看得开。至于《核桃》,当然是一首咏物诗,不但要状其物,更要超于象外,入乎意中,既要写实,也得象征。这首《核桃》,始于摹状,一变再变,转入美学,终于对空洞的晦涩诗提出批评,一笑作罢。

第二辑《唐诗神游》有点像论诗绝句,却又不是。我读唐诗大半生，老而更好。辑中这些小品，或是顺着某首名作之趣更深入探索，或是逆其意趣而作翻案文章，或抉发古人之诗艺竟暗通今人之技巧，或以画证诗，或贯通中外，总之以唐人为师，攀唐人为知己，其实都是抱着 homage 的敬爱心情，不敢对那些天才无端唐突。

第三辑的《长诗》，除《秭归祭屈原》是应灵均出生地的县政府之邀请而用心创作之外，其他三首都是因为美加上宗教的感动而自动挥笔。《花国之旅》是咏台北市花博会之盛况，开头的一段用披头士迷魂恍神的声韵，希望能追摹翩如飞（groovy）的快意。《大卫雕像》寓抒情于叙事与玄想，并且不刻意押韵，《卢舍那》亦然。老来还能锻炼新的诗艺，可见得诗心仍跳，并未老定。

《太阳点名》一首，专写春回大地，太阳来点澄清湖岸特有花树的名，充满幽默与喜悦。在官方赞助下，此诗得以铜牌刻碑立于湖岸，是我长居高雄莫大的荣幸。

二〇一五年二月七日于西子湾

图书在版编目（CIP）数据
太阳点名/余光中著．—南京：译林出版社，
2018.5
ISBN 978-7-5447-5189-6

Ⅰ.①太… Ⅱ.①余… Ⅲ.①诗集－中国－当代
Ⅳ.①I227

中国版本图书馆CIP数据核字（2017）第090596号

本书由台北九歌出版社有限公司授权出版，限在中国大陆地区发行。
著作权合同登记号　图字：10-2015-386号

太阳点名　余光中／著

责任编辑　周　璇
特约编辑　曾　静
装帧设计　韦　枫
校　　对　叶显艳
责任印制　颜　亮

原文出版　九歌出版社，2015
出版发行　译林出版社
地　　址　南京市湖南路1号A楼
邮　　箱　yilin@yilin.com
网　　址　www.yilin.com
市场热线　025-86633278
排　　版　南京展望文化发展有限公司
印　　刷　恒美印务（广州）有限公司
开　　本　850毫米×1168毫米　1/32
印　　张　6
插　　页　4
版　　次　2018年5月第1版　2018年5月第1次印刷
书　　号　ISBN 978-7-5447-5189-6
定　　价　48.00元